志怪小说与《搜神记》

◎ 主编 金开诚

◎ 编著 杨 杰

吉林出版集团有限责任公司

吉林文史出版社

图书在版编目（CIP）数据

志怪小说与《搜神记》/ 杨杰编著 . 一长春：吉

林出版集团有限责任公司：吉林文史出版社，2010.11（2022.1重印）

ISBN 978-7-5463-4097-5

Ⅰ . ①志… Ⅱ . ①杨… Ⅲ . ①志怪小说－文学研究－

中国－魏晋南北朝时代 Ⅳ . ① I207.41

中国版本图书馆 CIP 数据核字（2010）第 222253 号

志怪小说与《搜神记》

ZHI GUAI XIAOSHUO YU SOUSHENJI

主编/ 金开诚 　编著/杨 杰

项目负责/崔博华 　责任编辑/崔博华 　王凤翎

责任校对/王凤翎 　装帧设计/李岩冰 董晓丽

出版发行/吉林文史出版社 　吉林出版集团有限责任公司

地址/长春市人民大街4646号 　邮编/130021

电话/0431-86037503 　传真/0431-86037589

印刷 / 三河市金兆印刷装订有限公司

版次 /2010 年 11 月第 1 版 　2022 年 1 月第 6 次印刷

开本/ 650mm×960mm 　1/16

印张/9 　字数/30千

书号/ ISBN 978-7-5463-4097-5

定价/ 34.80元

前　言

　　文化是一种社会现象，是人类物质文明和精神文明有机融合的产物；同时又是一种历史现象，是社会的历史沉积。当今世界，随着经济全球化进程的加快，人们也越来越重视本民族的文化。我们只有加强对本民族文化的继承和创新，才能更好地弘扬民族精神，增强民族凝聚力。历史经验告诉我们，任何一个民族要想屹立于世界民族之林，必须具有自尊、自信、自强的民族意识。文化是维系一个民族生存和发展的强大动力。一个民族的存在依赖文化，文化的解体就是一个民族的消亡。

　　随着我国综合国力的日益强大，广大民众对重塑民族自尊心和自豪感的愿望日益迫切。作为民族大家庭中的一员，将源远流长、博大精深的中国文化继承并传播给广大群众，特别是青年一代，是我们出版人义不容辞的责任。

　　本套丛书是由吉林文史出版社和吉林出版集团有限责任公司组织国内知名专家学者编写的一套旨在传播中华五千年优秀传统文化，提高全民文化修养的大型知识读本。该书在深入挖掘和整理中华优秀传统文化成果的同时，结合社会发展，注入了时代精神。书中优美生动的文字、简明通俗的语言、图文并茂的形式，把中国文化中的物态文化、制度文化、行为文化、精神文化等知识要点全面展示给读者。点点滴滴的文化知识仿佛颗颗繁星，组成了灿烂辉煌的中国文化的天穹。

　　希望本书能为弘扬中华五千年优秀传统文化、增强各民族团结、构建社会主义和谐社会尽一份绵薄之力，也坚信我们的中华民族一定能够早日实现伟大复兴！

目录

一、光怪陆离的神怪世界
——志怪小说

（一）小说的产生与界定

在我国，"小说"一词的出现，距今已有两千多年的历史了。我们今天所说的小说是指一种文体，是以人物塑造为中心，通过虚构的故事来反映社会生活的一种文学样式。但是，最初的"小说"一词，与今天所说的文体意义上的小说可不相同。

"小说"一词最早见于《庄子》杂篇

《外物》:"饰小说以干县令,其于大达亦远矣。"以"小说"与"大达"对举,是要说明修饰琐屑浅薄的言论以求取崇高声望和美好的名誉,是不可能达到至境的。为了说明这个道理,庄子举了一个任公子钓鱼的故事。任公子钓鱼与众不同,他用大钩长线,用五十头犍牛作钓饵,蹲在浙江的会稽山,把鱼饵投放于东海。可是他一年的时间都没有钓到鱼。后来终于有一天一条大鱼游过来吞食了鱼饵,大鱼翻滚腾跃,搅得海水动荡,白浪冲天,吓坏了方圆千里的人们,而任公子所钓到的大鱼,使方圆几千里的人都饱餐了鱼肉。庄子由此生出感慨说,那些拿小竿细绳,直奔小河沟渠,守着些鲇鱼鲫鱼的人,怎么可能钓到大鱼呢?任公子从容洒脱,毫不着意,反而钓到了大鱼,因此,凡事只有任其自然才能获得成功。这是庄子最终想要说明的道理。而庄子所说的"小说"是与"大达"相对的小道，所以鲁迅在《中国小说史略》中说："然案其实，乃谓琐屑之言，非道术所在，与后来所谓小说者固不同。"在这里，庄子是把儒、墨等诸子视为无关道术的琐碎言谈的，认为它们是"小说"而非"大达"。但是，尽管庄子鄙薄小说，但"小说"一词却由此起步而不断演化发展。

到了东汉初年，桓谭作《新论》，称小说是"合丛残小语，近取譬论，以作短书，治身理家有可观之词"。他认为从内容上讲，"小说"不同于经籍之作，而是连缀一些零碎、琐细的语言而成的杂记，不同于官方的高文典策。从形式上讲，"小说"采取了"譬论"的表现方法，具有形象化的特点；从功能上讲，"小说"为人们提供了可资借鉴的经验与教益，有

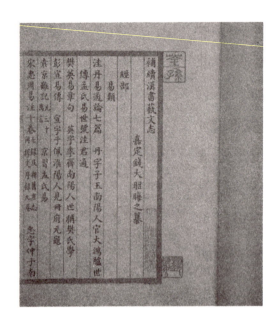

助于治身理家。在这里，桓谭所说的"小
说"已具有了文体的意义。

　　东汉班固作《汉书·艺文志》，把小
说家列于诸子略十家的最后。这是小说
见于史家著录的开始。班固说："小说家
者流，盖出于稗官。街谈巷语，道听途说
者之所造也。孔子曰：'虽小道，必有可观
者焉，致远恐泥，是以君子弗为也。'然
亦弗灭也。闾里小知者之所及，亦使缀而
不忘。如或一言可采，此亦刍荛狂夫之议

也。"这是史家和目录学家对小说所作的具有权威性的解释和评价。他认为小说本是街谈巷语,由小说家采集记录,成为一家之言。这虽是小道,尚有可取之处。班固明确地指出小说起自民间传说,这对认识中国小说的起源有重要的意义。

魏晋时期,志怪小说、志人小说盛行,但这也只是中国小说的雏形时期。从这个意义上来讲,魏晋南北朝时期的小说创作就是与中国古代小说的发展同步进行的。

(二) 志怪小说的概念

魏晋南北朝在中国历史上是一个动荡不安的时期,由分裂至短暂的统一又到分裂,百姓遭遇连年战乱,流离失所,民心惶惶。相应的在思想文化领域的表现也颇复杂:儒学的衰微,玄学

的兴起;神仙思想和佛道二教思想的盛行。在玄学、神仙思想盛行的魏晋南北朝时代,作家要么将注意力放在谈玄说理,要么谈神说怪,于是在文学上产生了两类小说,一类是以刘义庆的《世说新语》为代表的志人小说,记录了魏晋士人的生活风尚;一类是以干宝的《搜神记》为代表的志怪小说,记录了魏晋士人的精神世界,展现了两汉魏晋时期的思想领域和文化现象。

　　志怪小说是中国古典小说形式之一,主要指魏晋时代产生的一种以记述神仙鬼怪为内容的文学体裁,也可包括汉代及以后的同类作品。志怪小说是中国小说发展到魏晋南北朝时期的重要形式,它吸收了古代神话传说、诸子散文、寓言、史传、民间故事的精髓,应运而生,并且一出现就蓬勃地发展起来。它的产生与当时社会宗教迷信思想和玄学风气以及佛教的传播有直接的关系,并对唐传奇

产生了直接的影响。

　　志怪小说的内容很庞杂，大致可分为三类：（1）地理博物。如托名东方朔的《神异传》、张华的《博物志》。（2）鬼神怪异。如曹丕的《列异传》、干宝的《搜神记》、托名陶潜的《搜神后记》、王嘉的《拾遗记》、吴均的《续齐谐记》。（3）佛法灵异。如王琰的《冥祥记》、颜之推的《冤魂志》等。魏晋南北朝时期产生了很多志怪小说，但到了今天，其中大多数已经散佚，现存完整与不完整者约有三十余种,其中干宝的《搜神记》是比较重要的一部。除此之外,还有托名汉东方朔的《十洲记》、托名汉班固的《汉武帝故事》、《汉武帝内传》、托名陶潜的《搜神后记》、刘义庆的《幽明录》等。

(三)志怪小说的发展源头

志怪小说是中国古代小说发展的婴儿期,它的起源与之前的文学成果是分不开的。因此我们大致可从神话、寓言故事与史传三个方面来进行研究。

首先,从上古神话与中国古代小说的关系来看,中国的小说,也和世界各国一样,是从神话传说开始的,而且中国的神话是中国小说最重要的来源。上古神话原先在口口流传,有的被采入正史,遂逐渐定型;有的继续在口口流传并不断丰富发展,分化出一些新的神和英雄,增添了新的故事情节,为小说的孕育和产生做最

初的准备。神话传奇小说通常富于浪漫主义的传奇色彩，这种积极昂扬的创作方法，也给予后世小说以重大影响。甚至神话传说中的一些题材和故事，直接为后世小说所吸取。等到魏晋时期，这些营养也被志怪小说吸收过来。在干宝的《搜神记》中就记录了很多由上古神话故事演变而来的神怪故事，如有关盘瓠的神话和蚕马的神话。

其次是寓言故事。寓言虽然不是小说，但它的故事本身富有小说意味，影响了后来小说的产生发展，并在艺术手法上为小说的创作提供了有益的借鉴。主要表现为三个方面：（1）寓言的目的在于表达观点、阐明道理，但采用的手段是叙述故事，因此在叙述性、故事性上与小说是相同的。（2）寓言的叙事与史传不同，寓言的作者往往有意识地进行虚构，但是史传要求实事求是、严谨无误。因此在故事的虚构性上，寓言和小说是

一样的。而志怪小说作为渐变过程的一
个产物，兼有史传与寓言的特点，即虚
实相间。(3)先秦寓言的故事内容，有不
少成为后来小说的题材来源。魏晋南北
朝的"志怪小说"和"志人小说"，都曾
采用和改编先秦寓言中的传说故事。再
者，《孟子》、《庄子》、《韩非子》、《战
国策》等书中都有不少人物性格鲜明的
寓言故事，它们已经带有小说的意味。
《韩非子》中保存寓言故事最多的《内
储说》、《外储说》、《说林》，明白地用
"说"来标目，也透露出两者之间的关
系。显然，寓言故事可
以看作志怪小说的源
头之一。

第三是史传。史传
对志怪小说的影响也表
现在三方面：(1)史传文
学在复杂事件的组织、
故事情节的叙述、人物

形象的描写、思想主题的提炼等方面积累的艺术经验，为后来的小说家所吸取借鉴。(2)史传中丰富多彩的历史故事，成为后来历史小说的题材。(3)史传文学重视对史实的真实反映，以史为鉴，关注政治的传统，对中国古代小说产生了深远的影响。如《左传》、《战国策》、《史记》、《三国志》，描写人物性格，叙述故事情节，或为小说提供了素材，或为小说积累了叙事的经验。唐代传奇小说多取人物传记的形式，《三国志演义》标明是史传的演义，都证明了史传是小说的一个源头。

值得注意的是，志怪小说创作的初衷也是"记录事实"。魏晋南北朝时期是思想多元发展的时代，儒学衰微，玄学盛行，佛、道思想也顺着西风直贯而入。最初，人们对鬼神持有一种平和的心态，认为鬼神的世界和人类的世界一样，只是形式不同，就像邻居一样，可见魏晋人对

鬼神并不恐惧。作为这一时代的人,自然受到这些思想的影响而成为有神论者,因此,魏晋志怪小说作家"非有意为小说,盖当时以为幽明虽殊途,而人鬼乃皆实有,故其叙述异事,与记载人间常事,自视固无诚妄之别矣"。干宝的《搜神记》就是在这一时代大背景下产生的。他在序中也明确表示,"发明神道之不诬",神道是确实存在的,并不是愚妄。作者在记录这些神鬼故事的时候,潜意识中是以记录事实为目标的。先不论荒诞不羁的内容是否真实，就作品本身而言，它反映出来的是魏晋时代的社会生活的某些侧面确是不容置疑。像干宝，首先是以史学家的身份出现的。作为史学家，他在记录时，必然会本着谨慎、真实、可靠的原则。史书的写作，是在充分占有真实材料的基础上，再现历史事件和人物，使读者可以获得客观、全面的了解。《搜神记》的编撰，就是采用史书的这种创作方法。

志怪小说在最初的时候大都被归入史部杂传类。考查《搜神记》中的事，有些在干宝之前的史书典籍即有记载，如《左传》、《国语》、《战国策》、《史记》、《汉书》、《续汉书》、《东观汉记》、《汉纪》、《三国志》等。此外，还有《墨子》、《吕氏春秋》、《淮南子》、《论衡》、《风俗通》、《列异传》、《博物志》、《西京杂记》等。不仅如此，《搜神记》的记载还有相当数量可与史书《后汉书》、《晋

书》、《魏晋春秋》、《汉晋春秋》、《晋中
兴书》、《宋书》、《南齐书》、《梁书》、
《南史》、《建康实录》等相参证。可见,
《搜神记》最开始是作为史书的补充而
收录在册的。这也从一个侧面说明史传
对小说的影响之深。

　　一直以来,因为志怪小说记录的是有
关妖狐鬼怪的故事,因此旧文学家只将它
看成谈神说怪的小说,摒弃在主流文学
门外。新文学家沿此观念,对其也不屑一
读。事实上有点冤枉,它们以历史纪实的
笔法记录魏晋时期的神话传说和民间故
事,书中的若干记载不仅真实,而且可当
研究史料,其价值在于表现了当时的思
想文化氛围以及对鬼神文化的真实记
录。由此可见,魏晋南北朝时期的志
怪小说具有明显的史书性质,是了解
魏晋社会的重要文献,在研究魏晋
时期的风俗风尚、文化风气、社会思
潮等方面有着重要的史料价值。

二、志怪小说兴起的时代背景

志怪小说的兴盛与当时的社会背景有很大关系。鲁迅在《中国小说史略》中曾有论析。他说："中国本信巫，秦汉以来，神仙之说盛行，汉末又大畅巫风，而鬼道愈炽；会小乘佛教亦入中土，渐见流传。凡此，皆张皇鬼神，称道灵异，故自晋讫隋，特多鬼神志怪之书。"鲁迅指出这一时期志怪小说兴盛的原因，是由于民间玄学巫风、道佛两教这些鬼神思想在思想领域占据主导作用。说明了志怪小说产生的根源。

（一）玄学兴起对志怪小说的影响

玄学的产生与谈风的盛行是魏晋志怪小说繁荣的一个主要原因。西汉，董仲舒提出了"罢黜百家，独尊儒术"的治国思想，与统治者想建立一个中央集权的封建国家的理想不谋而合。在儒家"忠孝"思想的统治下，汉武帝开疆辟土建立起大一统的帝国。国家的稳定也激励了士族阶级崇尚儒学的热情。但是，到了东汉末年，政治衰败，军阀混战，混乱的政局急剧动摇了统治了三百多年的儒家大一统思想，

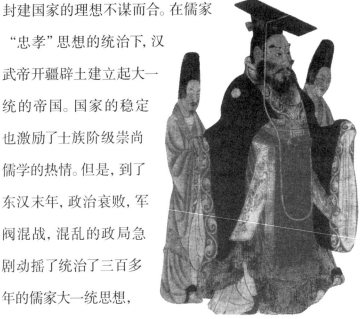

儒家经典救不了水深火热的政局。于是，士族阶级的思想开始转变，由对政权的拥护，转而变成对统治者的反思，最后变成彻底的批判。在这个思想转变的过程中，丢弃掉儒家思想，老庄思想反而回归，成为时尚。对政治的极度失望，使得士族阶级选择了逃避。一部分士人走进山林，过起世外高人的隐士生活。另一部分选择了一种独特而又潇洒的生活方式来逃避入世。他们追求自我价值，留恋于山河百川，任情放纵，热烈地表现自我。为求保命，士人之间不谈政治，而是敬尚虚无，谈玄说理。当时，在士族之中流行清谈之风，即对人的思想品德、才情风貌进行评定。这使得人们开始注重自我修为，崇尚自由发展，将目光从混杂的现实世界转向安宁的内心世界。没有了世俗的羁绊，更显得举止潇洒、风度翩翩。这就是史书记载的魏晋风流。那么，当时的魏晋名士都读些什么书呢？正是道家经典

《老子》、《庄子》、《周易》。这三本书又被称为"三玄",因此在这一时期兴起的哲学思潮又被称作"玄学"。在魏晋人士清谈的过程中,常有幽默诙谐,离奇怪异的故事以笔记的形式记录下来,成为志怪小说的资料。

(二)道教对志怪小说的影响

道教孕育于我国古代的巫术,发展壮大于东汉,在古代黄老道家学说和神仙方术的基础上发展而来,是中华民族古老的本土宗教。道教在其发展过程中对社会经济带来了极大的阻碍和破坏。但对我国文学艺术,尤其是中国古代小说的发展,却产生了巨大的影响。许多人都看到了佛教的作用,但自古代神话传说而起的志怪小说和本土的道教之间的密切关系更是不容忽视。

道教注重现世生活,以生为乐,以长

寿为大乐，以成仙永生为极乐。这正好
满足了人类长生不老的理想，鼓励人们追
求享乐。让尘世中的芸芸众生悟道成仙，
迎合了魏晋时期人们因感叹"人生无常"
而产生的"及时行乐"的思想。马克思说：
"宗教是被压迫生灵的叹息，是无情世
界的感情，正像它是没有精神的制度的
精神一样。宗教是人民的鸦片。"在追逐
长生不老、羽化成仙的过程中，痛苦人民
的心灵暂时得到麻痹。在道教神仙思想
影响下，文学上更偏重于描写道家方术之

中的海外仙山、奇国异域、炼丹服食、羽化登仙等意象，并且越来越多的知识分子加入到写作行列中，使得文学作品中开始出现了鬼神色彩浓郁的作品。这些描摹鬼神的作品即是我们所说的志怪小说。如托名张华的《列异传》、张华的《博物志》、托名郭璞的《玄中记》、王嘉的《抬遗记》、葛洪的《神仙传》、干宝的《搜神记》、托名陶潜的《搜神后记》等。

道教对志怪小说的影响还表现在志怪小说的思想内容的变化上：志怪小说的故事内容大都是神仙方术、巫术灵物、神仙下凡、羽化成仙、阴阳相通等。随着道教自身的完善，如吸收儒家"忠孝"思想等，这些变化在后来的志怪小说中也有体现。比如《搜神后记·白水素女》，讲述了田螺姑娘每天为朴实、勤劳的农民谢端"守舍炊烹"，被识破后弃螺离去的故事；《搜神记·董永》讲天帝命织女下凡帮助董永偿还债务；《东海孝妇》中，

屈死的孝妇周青临死前发下毒誓，并在死后得到了验证。这三则故事取自民间，作者虽意在"发明神道之不诬"，却无意识地透露出儒家"仁孝"思想的影响。

社会的动荡不安与战乱频仍，使宗教迷信思想获得传播的土壤。志怪小说在形成和发展的初期，不可避免地受到道教神仙思想的影响。道教尊崇鬼神的精神也大大地丰富了志怪小说的创作题材，使志怪小说的发展以及唐传奇的产生有一个良好的开端。

（三）佛教对志怪小说的影响

佛教于西汉末年由古国天竺传入中国，在魏晋时期开始兴盛。佛教在教义的大肆宣传过程中，更多地利用佛教典籍中大量的故事、寓言、譬喻、史诗等通俗易懂的形式，使佛教进一步走入百姓的生活。佛教的这些生动形式不仅为六朝正在兴起的志怪小说提供了丰富的素材、题材，尤为重要的是，它还在人生观、道德观、时空观，小说的情节、叙事方式及奇特的想象等方面，对魏晋志怪小说产生了深刻的影响。

佛教的传入，带来了与中国本土文化完全不同的人生价值观。对志怪小说影响最重要的是"三世轮回"、"因果报应"和"死而复生"的观点。佛教认为人生是一个可以循环的轮，每个人都有他的三世轮回，即前世、今世和来世。而且你在今生的生活，是由你在前世的所作所为决定的，并且关系到你来世的命运。以此鼓励人们为了来世的美好生活而在今生忍辱负重，广结善缘，使人们看不清今生的痛苦而把希望寄托于来生，安慰了动荡社会下生活着的众生的心灵。于是，佛教得以迅速地发展，轮回思想深入人心。王琰《冥祥记》中有个故事，讲刘宋的陈秀远信佛，有天正在家思考自己的由来，突然看见了两个衣着不同的女子，其中一个对她说自己是刘的前身，而另一个女子是她自己的前身，说完就走了。可见，轮回的说法已被人们接受，并在文学作品中有所记录。"因果报应"是佛教带来的另一个影响巨大的观点。佛教教义认为善有善报，恶有恶报，因此教导人们向善，有一定的积极意义，并且至今存留在中国人的集体意识里。

"因果报应"这类故事在佛教经论中比比皆是，在魏晋志怪小说中，也是一大主题。例如《搜神记》中就有许多蛇、龟、鱼、玄鹤等动物报恩的故事；《幽明录》中的"王导"条说，王导兄弟三人"断舌而杀"鹊，果然遭到报应，三人"悉得暗疾"。"沛国周氏"条说，周氏儿时用蒺藜害死三只小燕子，长大后，生的三个儿子都哑。这就是作恶多端的结果。"因果报

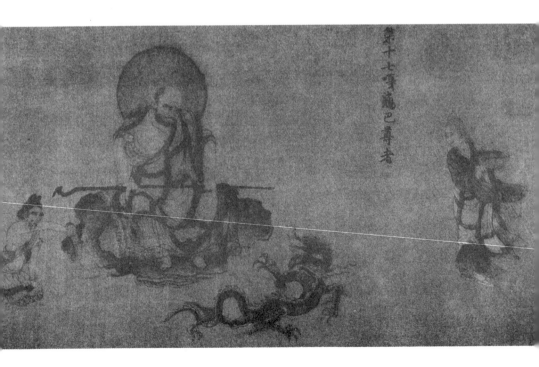

应"的思想对中国的叙事文学影响深远，以致后来的许多章回小说都把因果报应当成了结构小说的固定模式。"死而复生"在之前的中国观念中是没有的，但却随着佛教的盛行而流传开来。干宝《搜神记》"婢埋未亡"的故事即是例子。另外，由佛教引入的"地狱"概念，将鬼的世界丑化，对"地狱"阴森恐怖的描写，在志怪小说中也很常见。

中国上古时期已有自己比较模糊的时空概念。最早提出这一概念的是《管子》一书的《宙合》篇。其中，"宙"指的是时间，"合"指的是空间。但儒家"不语怪、力、乱、神"的思想完全限制了中国文化对时空观的深入探讨。而佛教对此却有一套更为系统的理论："世"是时间概念，"界"是空间概念。二者合一，便是时空范畴。佛教的时空概念远比人们的想象大得多，并且生动形象。比如"三千大千世界"的概念，三千个小千世界构成

中千世界，三千个中千世界才构成一个大千世界，在这个世界中，山川河流都奇异无比，还有七色宝物作为装饰。这个生动形象的宇宙世界，带给信徒们许多美好的遐想，激发了他们对佛教信仰的热情。佛教对知识分子的影响在于改变了儒家文化抑制文学创作中的想象力的自由发挥的状况，大大启发了中国人的思维，激发了中国人的想象力。这也是魏晋志怪小说发展的一个不可忽略的因素。如梁萧绮录的《拾遗记》卷十中的《昆仑山》篇，对昆仑山的空间结构的叙述显然受到佛教佛典中有关须弥山空间结构的影响。

　　佛教文化对中国文化的影响还体现在对中国文学题材与体裁的影响上。佛

教经论中的丰富的寓言和譬喻促进了中国叙事文学的发展。之前的中国文学多以抒情为主，叙事也是为抒情服务的，即使有寓言，也是以说理为主。但是佛经故事、佛教的寓言和譬喻往往拥有完整、复杂而曲折的故事情节，教义也隐藏在较长的故事里。对中国志怪小说的叙事艺术产生了重要的影响，很多志怪小说中的故事直接来源于佛经经典。

三、志怪小说的艺术特征

（一）志怪小说的艺术特征

第一，篇幅短小，粗陈梗概，叙写随意，是魏晋南北朝志怪小说的主要形式特征。这一时期的志怪小说大都比较短，不足三百字，有的甚至不足百余字，只能简单陈述故事大概，没有具体的细节刻画。因此，也就具备了语言简洁、质朴的特色，为后世的小说创作提供了素材和想象的空间。如《列异传》中的《望夫

石》："武昌新县北山上
有望夫石，状若人立者。
传云：昔有贞妇，其夫从
役，远赴国难；妇携幼子
饯送北山，立望而形化为
石。"一共不到五十字，
只是简要地记述了一个民
间传说，说明望夫石的由

来。在后世的民间传说中才慢慢增加了
其他复杂曲折的故事情节，使得生离死
别的场景和期望丈夫归来的复杂感情更
加丰富。《搜神记》中的《董永》，篇幅略
长一些，也只有一百八十多字，记述了贫
穷、勤劳、善良、孝顺的董永卖身为奴，借
债为父发丧和天帝为之感动，派织女下凡
为董永之妻，织缣帮他还债的简单故事，
其中并没有故事情节和情感的详细描
写。后世的"牛郎织女"传说将牛郎和织
女的爱情提炼出来，围绕这一主题又增
添了丰满血肉，使之成为爱情绝唱。这些

优美的民间故事像是枝繁叶茂、硕果累累的参天大树，而魏晋南北朝时期的志怪小说就是这棵树的种子。

第二，在魏晋志怪小说中也有一些结构较完整，描写较细致生动，粗具短篇小说规模的作品，如《韩凭夫妇》、《李寄斩蛇》、《白水素女》、《胡母班》等。这些作品大都形象生动，语言优美，拥有曲折浪漫的故事情节、完整的内容结构和丰富的艺术想象力，向读者展示了一个变幻莫测、绮丽非凡的魔幻世界，体现出强烈的浪漫主义色彩，是魏晋志怪小说中最有价值的部分。例如《幽明录》中的《赵泰》，写赵泰因心痛而死，停尸十天后居然复活，然后向人们滔滔讲述自己在冥间的经历和见闻：那些"生时不作善"的人，在冥间被罚做苦役，日夜劳顿；生前不信奉佛教的人，在冥间受审并接受来世变为禽畜的报应；在阳间犯罪的人，到了冥间受到刑罚,而信奉佛法之后,其罪过都可以免除;赵泰自己在阳间并未作恶事,是"横为恶鬼所取",所以又被冥府遣还阳间。作者虚构出丰富曲折的故事情节和人鬼对话,借以宣扬善恶有报、生死轮回的佛教思想。《搜神记》中的《韩凭夫妇》,描写了一对至诚相爱的夫妻被宋康王活活拆散,双双殉情后还被相对而葬,然而故事的结尾夫妻两冢之间竟长出盘旋交错的相思树,树上的鸳鸯交颈悲鸣,情境凄美动人。作者以超现实的浪漫主义笔法歌颂了韩凭夫妇至死不渝的爱情和对封建统治者的血泪控诉,同时也表现了作者的高超艺术想象力。

第三,魏晋南北朝时期的志怪小说中那些篇幅较长、内容较丰富的作品已开始注意到运用典型情节、细节描写、人物对话、引用诗歌等艺术表现手法,对人物的形象、性格特点进行生动的描绘刻

画。如《列异传》中的《宗定伯》,《搜神
记》中的《干将莫邪》、《千日酒》、《吴
王小女》,《续齐谐记》中的《清溪庙神》
等篇。《干将莫邪》一篇语言质朴简练,
但几个人物性格特点却十分鲜明,栩栩
如生。这就是因为作品中设置了典型情
节。干将之子赤比决心为父报仇,所以他
能悟透父亲的遗言,找到雄剑,这一情节
表现了他的智慧;后来,侠客答应为他报
仇,他"即自刎,两手捧头及剑奉之",这

一典型情节充分表现了他的刚烈。当楚
王悬赏千金购买赤比之头，赤比报仇困
难时，侠客主动要求替赤比复仇，这表现
了侠客的豪爽；最后为除暴君，侠客计杀
楚王，从容自若，甘愿献出自己的宝贵生
命，这又表现了他的侠义。描写楚王的性
格，用了两个典型情节，一是因干将铸剑
误了期限，他就要杀干将，可见其性格的
残暴；二是侠客叫他到锅边去看煮的人
头，他不知是计，竟欣然前往，
终被侠客砍头，这又表现
了他的愚蠢。《宋定伯捉
鬼》通篇几乎全由人物
对话组成，描写了宋定伯
与鬼在路上斗智斗勇，
最后将鬼卖掉的生动有
趣的故事。宋定伯与鬼之
间一问一答，过程紧张揪心，
而结果令人畅快，宋定伯勇敢
机智的性格特点跃然纸上。此外，

如《列异传》中的《蒋济亡儿》，
《搜神记》中的《谈生》、
《卢充幽婚》、《安阳亭书
生》、《千日酒》，《幽明录》中
的《刘晨阮肇》等名篇，无不运
用了人物对话来描写人物，推动情
节发展。对细节的细致处理和艺术表
现手法的运用是推动矛盾发生发展的关
键，志怪小说作家对这些技巧的娴熟运
用，说明我国古代小说创作在魏晋南北
朝时期已开始步入了文学自觉时代。

（二）志怪小说对后世的影响

魏晋志怪小说作为文言小说的发展
阶段，有一个良好的开端，它的蓬勃发展
也为唐传奇和文言章回小说打下了良好
的基础。志怪小说是中国小说发展史上
承上启下的重要环节，有着不可磨灭的历
史功绩。

在文学价值方面，魏晋志怪小说较之以往的记录，增强了故事情节的完整性和丰富性，并且开始运用各种表现手法来提高叙事的艺术性。更重要的是，为以后的文艺创作提供了素材，特别是给后世文学艺术以深远影响。比如唐代传奇是在魏晋志怪小说的基础上，吸收其在文学艺术上的营养发展而来的。沈既济的《枕中记》，李公佐的《南柯太守传》，就渊源于刘义庆《幽明录》中的《焦湖庙祝》以及《搜神记》中"卢汾梦入蚁穴"的故事。在中国小说史上，说狐道鬼这一流派的形成，就开始于这时的志怪小说。宋朝平话、明清小说，甚至戏曲等都能看到与志怪小说一脉相承的关联。如宋洪迈的《夷坚志》、明瞿佑的《剪灯新话》、清蒲松龄的《聊斋志异》、纪晓岚的《阅微草堂笔记》等，都和它有一脉相承的关系。其中蒲松龄的《聊斋志异》被称为是志怪小说的又一巅峰之作。宋人

平话中的"烟粉灵怪"故事也都受到它的影响。如《生死交范张鸡黍》、《西湖三塔记》等，就出自《搜神记》相同题材的故事。志怪小说还给后世的戏曲、杂剧和小说提供了丰富的素材：罗贯中的《三国演义》、施耐庵的《水浒传》、曹雪芹的《红楼梦》、冯梦龙的《三言》，都吸收了《搜神记》的创作养分；吴承恩的《西游记》更是志怪故事的百宝箱；关汉卿的《窦娥冤》、汤显祖的《邯郸梦》，是《东海孝妇》

和《焦湖庙祝》的进一步发展，汤显祖《牡丹亭》中的《离魂》、《惊梦》在志怪小说中已有原型；至于如《干将莫邪》被鲁迅改编为历史小说《铸剑》，《董永和织女》是今天黄梅戏《天仙配》的最早蓝本，这更是大家所熟知的。

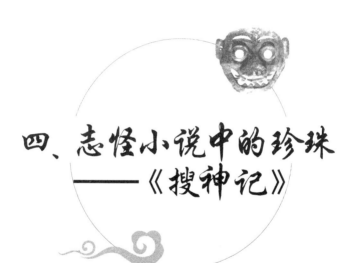

四、志怪小说中的珍珠
——《搜神记》

　　《搜神记》是中国古典名著之一，也是中国第一部志怪小说集。《搜神记》上承《山海经》，下启《聊斋志异》，成为许多学者研究古代民间传说与神话的主要范本，也是后人撰述奇异故事的灵感源泉。综合小说题材的内容与体例来说，干宝的《搜神记》开中国志怪小说之先河，后世许多著作中的奇异故事皆来源于此，甚至当今社会流行的奇幻小说也依稀可见它的脉络,影响何其深远。

(一) 作者生平

《搜神记》作者干宝,生于公元283年,卒于公元351年(也有说生卒年为274~336),东晋人,字令升,祖籍河南新蔡。对干氏家族的流转变迁,古书中多有记载,证实了干宝为海宁人。明代天启年间的《海盐县图经》曾提到,干宝父亲名莹,在吴国任立节都尉,后举家南迁定居海盐,于是干宝成了海盐人。明代董谷的《碧里杂存》中也提到:"干宝……海盐

人也。"按照武原古志里面的说法，干宝墓在武原县西南四十里的地方，即今浙江省海宁灵泉乡。著名的真如寺就是他家的宅基，这个地方古代被称作海盐。

干宝出生于仕宦之家，祖父干统，曾任吴国奋武将军，父亲干莹在东汉末年还担任着武官立节都尉的职务。后来东吴政权灭亡，干父携带着妻儿家小逃到海盐一带定居下来，并担任丹阳丞一职。干宝自小得到良好的家庭环境的熏陶，熟读经史子集，通晓各家战略兵策，年纪轻轻就成为文武全才，在当时的社会上可谓小有名气。但是由于政局的南北对峙，32岁的他还没有得到朝廷的重用。

国家政局的变幻，终于让33岁的干宝开始了他的仕途生涯。东晋大兴元年（318年）二月，即干宝41岁那年，因平定荆湘流民战乱有功，被封为关内侯。但这只是个有名无实的空爵位。公元317年（建武元年）的3月，西晋灭亡，东晋建立，司马睿称王。318年（大兴元年）3月，

司马睿在王导、王敦的扶持下称帝，即晋元帝。在对江南官吏的考察中，44岁的干宝以出色的表现脱颖而出，得到华谭举荐，"以才器召为著作郎"。又于建武元年（317年），经中书监王导推荐，领修国史。干宝生性秉直，能够站在公正的立场上来评写历史，不为个人好恶而偏废，这部《晋纪》在当时就被朝野称为良史。之后为避免卷入朝廷争斗，借口维持一家生计而求补山阴（今绍兴）令，后又迁至偏远的地方出任始安（今桂林）太守。太宁元年（323年），王导又举荐干宝为司徒

右长史、迁散骑常侍，跟在晋帝身边做顾问，出入宫门，名噪一时。这年干宝已 54 岁。

咸和元年（326 年），干宝的母亲桓氏去世，葬在灵泉里，干宝辞官为母守孝。咸和四年守服完毕回朝。永和七年（351 年）秋干宝去世，葬在灵泉里后花园。朝廷特加封尚书令，从祀学宫。

干宝是我国古代著名的史学家和文

学家，他博学多识，谦逊勤恭，一生著作
丰赡，横跨经、史、子、集四部，堪称魏晋
间之通人。至今有关专家已收集到的干
宝书目达26种，近200卷。作为史学家，干
宝著有《晋纪》20卷，《晋书》称其"其
书简略，直而能婉，咸称良史"，《文心雕
龙》誉之"干宝述纪以审正得序"，《史
通》赞其"理切而多功"，都是称赞干宝
在编辑著录史书时够能以客观公正的角

度记述，不因个人喜恶歪曲历史真相，使后人得以看到真实的历史。与此同时，他还在酝酿另一部鸿篇巨制——《搜神记》，历经二十余载终于成书，遂成为文学史上的经典。干宝在书成之后，曾将此书送给当时的丹阳尹刘恢。刘恢看后，感慨不已，说卿真可谓鬼之董狐（董狐，是春秋时晋国的史官，有"良史"之称），可见评价之高。干宝对易学也造诣颇深，著有大量研究《易经》的典籍。他的另外一些作品有：《易音》、《毛诗音》、《周官礼注》、《答周官驳难》、《周官音》、《后养议》、《春秋左氏函传义》、《春秋序论》、《正音》、《立言》等。

（二）干宝与《搜神记》

东晋干宝编撰的《搜神记》是魏晋南北朝时期成就最高的一部志怪小说，也是中国古代神狐鬼怪小说的先驱。《聊斋志异》的作者蒲松龄曾在一篇自序中谈到自己"才非干宝，雅好搜神"，谦逊地表明他的创作也是受到干宝的影响。据《晋书》记载，《搜神记》原有 30 卷。不过原书传至宋代已有部分散佚，现在我们能看到的《搜神记》是明朝人胡元瑞等从《法苑珠林》、《太平广记》、《太平御览》及诸类书中辑补而成的，共 464

篇，分为 20 卷。《搜神记》的创作大约始
于晋元帝建武元年（317 年），历时达 20
年之久。在体例方面，《搜神记》文体与
一般的小说不同，它的叙述比较简单，只
是一条一条各不相干的记载，没有一般
小说那样有围绕一条线索发展的情节和
固定主角，也没有章回小说的伏笔、冲突
和高潮。语言上，也较为简雅清隽。因此，

《搜神记》只能称其为一部古代神话与民间传说的记录。原著上是没有题目的，现在我们看到的故事题目都是由后人提取出来，以便记忆。如今现存的464则文字中，在其他书目中有记载，承袭前人的大约有二百余条。在编入《搜神记》时，干宝又进行了补充加工，其中既有滥收他书造成的错误，也有一些阙疑，故鲁迅称之为一部"半真半假的书籍"。再后，还有托名陶潜的《搜神后记》10卷和宋代章炳文的《搜神秘览》上下卷，已证实都是《搜神记》的仿制品。

魏晋南北朝时期的思想文化领域同它的历史年代一样复杂纷乱。儒学的衰微，玄学的兴起以及神仙思想和佛道二教思想的盛行，使得宗教迷信遍及四海，上至贵族仕宦，下到黎民百姓，皆相信鬼神的存在，并且热衷于谈鬼论仙。干宝亦不例外，他的《搜神记》即是他有神论思想的佐证。他在《自序》中称，"虽考志

于载籍,收遗佚于当时,盖非一耳一目所亲闻睹也,又安敢谓无失实者哉！""及其著述,亦足以明神道之不诬也。"就是想通过搜集前人著述及民间神话传说故事,证明鬼神确实存在。因此《搜神记》所记述的内容多为神灵怪异之事。

传说干宝是因为有感于父婢死而再生及其兄气绝复苏这两件其自称曾亲历的奇事,才开始搜集记录神怪灵异故事《搜神记》的。第一件是父婢死而再生

的故事。讲的是他的父亲干莹生前有一
个非常宠爱的婢女,干宝的母亲十分嫉
妒。后来干宝的父亲因病而亡,下葬的时
候,其母将这个宠婢推下墓穴活埋了。当
时,干宝和其兄弟姐妹还小,并不知情。
十几年后,干宝的母亲去世,家人准备将
母亲的遗体与父亲合葬,却发现了这个
婢女伏在父亲的棺材上鲜艳如生。
家人惊异不已,于是将
其带回家中。几天后婢
女苏醒过来,问及此事,
她说是干父常弄些食物给她,
待她恩情还如生前一样,还
常向他说些家中吉凶之事,她
说的这些与家中的实际情况居
然吻合。这个婢女后来又嫁人
生子了。干宝《搜神记》中的
《婢埋尚生》把此事附着在
别人身上:"晋世杜锡,字世嘏,
家葬而婢误不得出,后十余年,开冢

祔葬，而婢尚生。云：'其始如瞑目，有顷
渐觉。'问之，自谓当一再宿耳。初婢埋
时，年十五六，及开冢后，资质如故。更
生十五六年，嫁之，有子。"第二件事讲
的是他的哥哥干庆死而复生。有一次其
兄干庆因病而气绝，身体数日不冷尚有余
温。几天后苏醒，说看见了
许多天地间的神鬼异事，
就像是在做梦，并不知道
自己已经死了。这两件事
说得玄而又玄，却引发

了干宝创作的激情，从此他潜心搜寻，辑录自古代至当时的神祇灵异，人物变化的种种怪异之事遂成《搜神记》。

《搜神记》的诸多神灵怪异故事，不同的内容折射出不同的思想内涵：《干将莫邪》等复仇故事，鞭挞了统治阶级的凶恶残暴，表现人民的反抗斗争情绪；《韩凭夫妇》、《吴王小女》等人鬼相恋的故事则反映了封建婚姻制度下青年男女对美好爱情的追求；还有一些描述人们与鬼魅斗争的故事，反映了人民群众在战乱和动荡的年代里种种不幸的遭遇，表现了他们对美好生活的向往。

五、《搜神记》内容分类

　　《搜神记》收录的故事大多篇幅短小精悍，情节简单，想象丰富，极富于浪漫主义色彩。有神仙术士的变幻，有巫术灵物的神异，有妖祥卜梦的感应，有佛道信仰的因果报应，有人鬼相遇的抗衡，还有人鬼相恋的故事，等等，可以说内容十分丰富。虽然书中内容十分博杂，但还是可以大致分为四个方面：

（一）记述神仙方士与巫术灵物的奇能异术

  鲁迅在《中国小说史略》中说"中国本信巫"。许慎在《说文解字》中说："巫，祝也，女能事无形，以舞降神者也。象人两袖舞形。与工同意。古者巫咸初作巫。""觋，能齐肃事神明也。在男曰觋，在女曰巫。从巫从见，徐锴曰：能见神也。"许慎在说文解字中所说的"无形"便是鬼神，所以巫是沟通人与鬼神的一种形象，他们在通神的时候进行的一系列的活动，比如按照一定的程序舞蹈唱歌，这种行为被称为巫术。在实施巫术的过程中使用的一定的工具，作为一种沟通人神的媒介一般被称为巫术灵物。中国的巫文化是与中国奴隶社会、封建社会的

祭祀、日常生活分不开的，对巫文化的信仰崇拜已经深深地植根于中国人的思维深处。于是，人们对拥有奇方异术的神仙方士产生了莫名的敬仰和信任，连同那些在巫术祭祀活动中的实物工具，在人们的观念里也必然拥有超自然的能力。例如《搜神记》第60条中，淳于智认为张母的病是鬼魅作怪的结果，于是他运用法术来祛除作祟的鬼魅使张母得以康复。他让人将猕猴拴在张母的手臂上，并用槌打的方式使它发出叫声，这种做法能将张母身上的邪祟传递到猕猴的身上。三日后，猕猴被狗咬死，张母的病也痊愈了。在民间信仰中，猴子是疾病的代表，而狗具有清除邪祟的功能。

再如第48条记载的"夏侯弘通鬼"也很有意思。夏侯弘能见鬼，镇西将军不相信，于是夏侯弘用了两件事来证明。第一件是把将军谢尚的死马医活。第二件是通过谢尚父亲鬼魂之口得知谢尚无子的缘由，此事也被谢尚证实。通过这两件事来证明夏侯弘的确能通鬼。这则故事的重点在第三件事上，而且记叙也很详细，通过对话的形式，生动地记录了夏侯弘通过与鬼的交流，从鬼口中得到治疗被鬼的矛戟刺中而得心腹病的方法，并用此法救治了很多百姓。与鬼神沟通，达到天人合一，是古代祭祀的主要目的和主要内容。在人们的观念里，神有神界，鬼有鬼界，二者可以来往于阴阳两界而人却不能；二者可以呼风唤雨亦可预知未来，人也不能。因此鬼神相对于人就有了一种权威视角，人们就期望通过与鬼神的沟通而获得更多的信息。

佩戴桃木可以避邪的说法自古就有。《左传》记载西周人已使用桃木进行巫术活动，《山海经》中多次提到桃树生长在仙山上且桃木有镇鬼避邪的作用。《搜神记》对此也有记载。第7、8条记食桃花可以成仙；第27条写到刘晨、阮肇去天台

山，路途太远疲惫不堪，途中遇到一片桃林就摘了几个大桃子解饿，谁知竟遇到一群仙女，不仅献桃子还与来客结为夫妻。等到半年之后再回家，世上已过了十载；还有一个大家都熟知的故事，西王母召见汉武帝向他传授长生不老之术，见面礼就是五个三千年一开花一结果的仙桃。可见，这个桃在人们眼中仙缘不浅。甚至民间也有献桃向老人祝寿，祈愿长寿的习俗。由此，桃成了中国传统文化中的一个重要部分。除了桃，桑树、灵芝，动物中的龟、鹤、狗、鸡血，其他的如五石散（由紫石英、白石英、赤石脂、石钟乳、石硫磺等五种物质组成）在人们眼中同样是拥有神奇魔力的巫术灵物。《搜神记》中记录颇多。

（二）记述侠义复仇的壮举

我国古代的侠义小说形成于唐代，而唐代小说脱胎于魏晋志怪。从这个意义上来说，魏晋志怪小说是中国侠义故事的胚胎阶段。自先秦以来就盛行崇侠尚武的社会风气。后汉高祖刘邦倚重游侠之力得天下（如张良、彭越等皆成为开国功臣），使得汉初游侠的势力更是扶摇直上，一发而不可收拾，后在统治者

的强制性武力打击、压制下，游侠的得意
势力才开始削弱。最初，侠客的事迹在史
书中多有记录，司马迁曾为游侠立传，对
道义之侠赞誉有加。汉班固也在《汉书》
中为游侠辟有专传，但此时的游侠已经
成为扰乱社会法纪、备受谴责的豪强之
侠。由此，侠客的故事又回归到民间，以
英雄的形象口口相传。作为志怪小说的代
表，收录民间游侠传说的任务自然而然
的落在《搜神记》肩上。

在《搜神记》中的侠义行为，自然要
带些神怪色彩，或者也可说成是鬼怪小
说而带有侠义成分。在这类故事中，作
者往往通过人与怪的对决，或者是人与

人之间诡异的接触方式
来表现侠士的义胆忠
肝, 更有动人心魄的
艺术魅力。

　　这类故事还可大致
分为两类, 一类是仗义
除害、除暴安良的侠义行
为, 下面举个例子:

　　第 271 则记载了一个 "谅
辅求雨" 的故事。大旱之年, 日似炎火,
"万物枯焦", 黎民百姓了无生计。身为
太守属官的谅辅先是向山川祈祷, 继而
代太守悔过, 向上天谢罪, 最后欲以自
焚的极端方式向上天祈求降雨。其为了
黎民苍生欲以生命血祭的诚意和赴汤蹈
火、义无反顾的大无畏精神, 终于感动了
上天, 倾盆大雨从天而降, 抵御了肆虐多
时的旱灾。可以说, 谅辅是《搜神记》官
员侠客中最具人格魅力的一个, 他的清明
廉洁、正直有为, 与民休戚与共和舍身求

雨、感天动地的侠行义举,给人心灵以强烈的震撼。在这个形象身上,忠于职守、为民请命,百姓利益高于一切的为官信念和不吝其躯而重诺轻身、救人于危难的侠义品格完美结合,反映了古代人民渴望德操高尚的官吏的良好愿望。在谅辅身上,正直官吏的使命感和侠义精神得到了统一,从而促使他做出了俯顺民意、惊天动地的举动,成为《搜神记》肝胆侠士的一个亮点。

表现人怪对决的行侠故事中,最惊心动魄、扣人心弦者要算"李寄斩蛇"了。东越国闽中郡的崇山峻岭之中,"有大蛇,长七八丈,大十余围",要吃女童,如果欲望不能满足,就会施展妖法作祟不止。当地的官吏苟且偷安，连年募索女童送去喂蛇，以求暂时的安宁，家有女儿的百姓是苦不堪言，很多人都背井离乡跑出去躲难。到了这一年，已经有九个女孩成了蛇妖的食物。在寻找下一个祭品时，少女李寄挺身而出，"怀剑，将犬"，孤身一人前往蛇穴，以过人的勇敢和智慧，斩杀蛇妖，为当地除了一大祸患。李寄蔑视前几个女孩不懂得竭力反抗、只等灭亡的懦弱表现，使得这一具有反抗精神的形象更加光彩夺目。后来李寄被越王聘为王后，父母姐妹也得到不同程度的赏赐，以大团圆的结局圆满落幕。

李寄斩蛇的故事，读罢令人回肠荡气。李寄也因此成为后世广为传颂的少女英雄的形象。她的勇敢机智，她的豪气才情和勇于牺牲的侠义精神，丝毫不让须眉。并且在几乎是男性独步天下的侠义世界中，李寄形象的出现，透射出许多新的思想文化信息，表明女性的形象由软弱、被动慢慢向强大、主动转化，她们有能力并开始跻身这个险恶的世界。这是社会生活中女性地位上升在思想文化领域的折射。唐代小说中，出现了更多女侠的形象，如聂隐娘、谢小娥、红拂女等，个个豪气千丈、爱憎分明，成为唐传奇中一道不可或缺的亮丽景致。而在这些形象之前，没有一个女侠可以如李寄般性格鲜明、光彩照人，可以说李寄是魏晋女侠的代表。唐传奇承魏晋志怪小说而兴，李寄的女侠形象无疑是后世女侠形象的雏形。

　　该故事的首要意义当然是褒扬平民少女为民除害、慷慨赴难、无私无畏的侠义精神和行为，与此同时，作品中也蕴含着深刻丰富的批判意义：首先，此篇中的诸多官吏为求得暂时安宁而置百姓的性命于不顾，却没有想办法为民除害，既无能又残忍，是为可恨。其次，李寄身边

的男人形象萎缩到最小。蛇妖作祟多年，先后已有九个少女葬身蛇腹，面对如此血腥的事实，男人们没有一个挺身而出，为百姓除妖造福，反而让柔弱女子舍身犯险，实在是可悲。另外九个已牺牲的少女，李寄对她们说："汝曹怯弱，为蛇所食，甚为哀愍。"愚昧懦弱，不会反抗自身命运，最为可冷。这三类人都是作品批判的对象，对比他们，李寄的侠义行为更加突出。

另外一类是复仇的仗义行侠行为。最著名的要数《三王墓》，又名《干将莫邪》。在此故事中，舍生取义的侠士精神发扬到了极致。干将莫邪的儿子赤比要替父报仇，可他并没有自己亲自去，而是让山中侠士提着自己的头去楚王那里替自己复仇。这位侠士信守诺言将楚王杀死后，也自刎而死。与对手同归于尽，以死亡来实现复仇的目的，这是《搜神记》中最悲壮的侠义故事。故事强烈地揭露和控诉了统治者的凶恶残暴，歌颂了人民不畏强暴的坚强意志和复仇精神。山中侠客的举动，也把慷慨仗义、重诺轻身的侠客精神发扬到了极致。他与干将、莫邪一家素昧平生，却挺身而出为之复仇，表明他认识到这不仅仅是干将、莫邪一家与楚王的私仇，而是善与恶、正与邪的冲突，他的行为表现出强烈的正义感。而对于这个突然出现的山中侠士，赤比居然十分信任，交谈没几句后，就自取项首献给壮士，没有一丝犹豫、质疑，在得到他的诺言后放心地溘然倒下。紧接着这位侠士的复仇方式让人匪夷所思，他选择了玉石俱焚式的自我毁灭。也许是他知道，复仇之后自己也走不出戒备森严的王宫，或因杀了与自己平白无仇的楚王所以才选择了自行了断。总之，读罢给人以强烈的悲壮感。山中侠客这种独特的复仇方式及其悲剧结局，使得他在《搜神记》所有侠客中最为神秘，有着独特的艺术魅力。

下面要介绍的是一个公案玄奇故事——《鹄奔亭》。广信县寡妇苏娥和婢女带着一车财物外出经商，晚上在苍梧

郡高安县鹄奔亭留宿,亭长龚寿见色起意,图谋强奸不遂并杀人越货。等到四年之后,交州刺史何敞夜宿此处,苏娥的鬼魂向其诉说冤情。何敞在鬼魂的指导下找到证物,终于昭雪沉冤,把龚寿绳之以法。这个故事在《列异传》(本书何敞作周敞)、《水经注》、《冤魂志》中都有载,但是《搜神记》的记载最为详细、丰富。这样看来,这个故事在历代都有广泛的流传。《鹄奔亭》是文言小说中较早的公案故事,它通过交州刺史何敞侦破的一件凶杀案,曲折地表现出人民的复仇精神。从案发到沉冤昭雪共历时四年,来往逗留在鹄奔亭的人自然不少,是何敞到来之前苏娥向许多人诉冤但没人重视,还是苏娥的魂魄执意要等到正直的官员何敞来了才告诉他真相,不得而知。何敞作为一个正直的、疾恶如仇的官员,理智而果断,精细而又干练的工作作风和性格特点给人留下了深刻的印象。作品也借这一

故事歌颂清官循吏，指斥贪官酷吏，其中寄寓了平民百姓的愿望和理想。

（三）鬼魅的故事

有人说过：鸟如果也有上帝，鸟眼中的上帝肯定是长着羽毛的。那么，人眼中鬼的世界，自然也和人的世界是类似的。幽明虽殊途，人鬼却同理。这样看来，恶鬼纠缠的阴司，也不过是广阔的社会生活的一个影子。

《搜神记》中的《徐泰梦》反映了一个阴间鬼吏渎职的现象："嘉兴徐泰，幼丧父母，叔父隗养之，甚于所生。隗病，泰营侍甚勤。是夜三更中，梦二人乘船持箱，上泰床头，发箱，出簿书示曰：'汝叔应死。'泰即于梦中叩头祈请。良至久，二人曰：'汝县有同姓名人否？'泰思得，语二人曰：'张隗，不姓徐。'二人云：'亦可强逼。念汝能事叔父，当为汝活之。'

遂不复见。泰觉,叔父乃差。"另外,《黑
衣客》讲述的也是类似的故事。鬼吏奉命
去取施续门生的性命,不料对方苦苦哀
求,鬼吏十分不耐烦地答应了他的请求,
另外找了一个无辜的人来代替。鬼吏在
执行差事中可以徇私舞弊,张冠李戴,采
取偷梁换柱的办法,转索他人性命进行
交差。这些故事揭露的不是个别官吏的
昏聩而是整个阴间的黑暗与不公。对于
无钱、无权、无势的普通老百姓来说,被
随便抓去当替死鬼是在所难免而又无可
奈何的。鬼世界与人世界原本相通,这反
映的也是人间社会的情形。可见魏晋时

期的社会环境与个体生存环境之恶劣是
不言而喻的。

　　《蒋济亡儿》叙述了蒋济之子"生
时为卿相子孙"，托父母福荫，享尽人间
荣华富贵，死后在阴间做了皂隶，困苦不
堪，于是借"迎新君"上任之机，托梦给
母亲，请母亲转致父亲："今太庙西讴士
孙阿，见召为泰山令，愿母为白侯，属阿，
令转我得乐处。"于是，权势显赫的蒋
济，在亡儿的"新君"尚在人间之际去走
后门，嘱托孙阿"随地下乐者与之"。孙阿
死后去阴间，果然不负所托，将蒋济亡儿

转为了隶事。这一故事反映的是大官僚阶层的腐败。权势显赫者不但可以在阳间横行不法,甚至还可以将手伸至阴间去干预。

贪财忘义、冷酷无情,不仅可以形容妖魔鬼怪,更是封建官吏丑恶嘴脸的真实写照。动荡的社会,流离的生活,时刻都挣扎在饥饿、贫穷、死亡的第一线,在人世间享受不到安定和温饱,在阴间还

要饱受欺凌，这才是穷苦百姓内心深处的呐喊，是对封建统治者的血淋淋的控诉。

《搜神记》的鬼魅故事中也不全是这种基调沉重的。也有很多是人与鬼斗智斗勇最后取得胜利的，赞颂了人的力量和智慧。鬼魅虽然变化多端，但是所谓邪不压正，只要行得正走得直，就可以运用智慧战胜敌人。例如大家都很熟知的《宋定伯捉鬼》讲的就是这个道理。少年宋定伯遇事不惊，不但自己没有受到一点伤害，还将鬼的幻形换成钱币，不能不让人拍案叫绝。在这个故事中，鬼的形象还可看作是现实生活中阻碍前进的困难，这种困难通过努力可以战胜。从这一角度来看,还有一定的教育意义。

(四) 人鬼相恋故事

　　人鬼恋故事表现了人类对爱情母题的永恒追求。爱情,在人类所有情感中最激越澎湃,最扣人心弦。所有诗人最爱吟咏的主题都是爱情。真挚的爱,能够超越等级,超越年龄,超越距离的阻隔,超越岁月的流逝,甚至,超越生与死……人鬼相恋,是爱情至诚的终极表现,是刻骨铭心的极度诠释,这种凌驾于生死的爱情带给人们悲剧式的感动。由此,人鬼恋也是鬼文化不可或缺的重要组成部分。这里的鬼不再是人们恐惧、害怕的对象,而成为美好的化身。《搜神记》中记录了很多优美多姿、凄美迷离的爱情篇章。其中很多被后世广为

流传, 几度演绎, 成为中国的爱情经典。如《吴王小女》、《韩凭夫妇》等等。

人鬼相恋其实还可具体细分为人神相恋、人鬼相恋和人妖相恋三类, 它们之间稍有不同: 人神恋中, 一般是神女主动找到男主角, 但神女的身上保留了更多的仙气。神女出现必有香车、绫罗相随, 装饰华贵、迤逦非常。且神女行为飘逸、神采飞扬，来去匆匆，似乎对人间没有太多留恋。如《董永与织女》，写得很简单，织女下凡就是为帮董永还债而与之结为夫妻，等到任务完毕，表明身份后即"凌空而去，不知所在"，没有一丝留恋与恩情。后世的继续丰富、演绎，才使得这个故事愈加丰满感人。其他神女如杜兰香、知琼，甚至定下日期，周期性地往返，而不是像鬼女、妖女那样期望长相厮守。神女知琼的仙味体现得更为明显，"然我神人，不为君生子，亦无妒忌之性，不害君婚姻之义"。作为女人，却不在乎对方的婚姻状况，是否心里还喜欢其他人。这样的生活对身份极为尊贵的神女来说更像是一种消遣。妖女虽然总以温婉可人的形象出现，但在书中记录的还是很少，也不很详细，因此可以说《搜神记》中爱情主题的女主角多是鬼女。作品中的十六卷集中记载了这样几个故事，分别是《吴王小女》、《辛道度》、《汉谈生》、《卢

充》。

综合《搜神记》中的人鬼恋，可以发现这些故事的相同之处：第一，人鬼的角色定位一致，人是男子，鬼是女子（除个别例外）。并且这些故事中的女鬼都是出身名门身份高贵，美丽大方温柔多情。第二，这些女鬼大都是未婚而死的年轻小姐，她们对爱情还保留着生前的美好憧憬。第三，基本上都是女主人公主动找到年轻的穷书生，并提出"愿为夫妻"的建议的。第四，在鬼的身上鬼性渐失，表现为不以害人、吓人为目的，而人性凸显，表现为具有人类的情感。这与后世渐渐发展的妖鬼幻化成美女以图财害命的复杂故事情节不同。第五，天下没有不散的筵席，更何况幽明殊途。因此人鬼恋最后都以分手的悲剧结束，令人叹惋。

《辛道度》中的女主人公，是秦闵王的亡女，她虽然已经身亡二十三年，但仍有对爱情的渴求，当她召见前来求餐的

辛道度时，坦白地说出自己身份并提出
"愿为夫妇"的要求，辛道度接受了
她的请求，与之同居三宿。不仅如此，
秦闵王女知道人鬼殊途，久居对郎君无
益，主动将辛道度送出去，还送给他金钗
作为信物。秦闵王女的这种行为，相对于
封建社会婚姻"必由父母之命、须用媒妁
之言"的礼教来说无疑是一种叛逆。她
从自己的愿望出发，而置封建伦理道德的
束缚于不顾，表现了强烈的独立意识和
个性意识。这既是对自身幸
福的追求，也是对封建礼教
的蔑视。其实如此自由奔放的
思想意识是与当时的社会状况分
不开的。魏晋时期是中国历史上政治生
活混乱、社会生活较为痛苦的时期，但却
是思想上高度发展，极度自由解放的时
期，表现出来就是艺术的丰富多样和对
人的束缚也较为宽松。试想，宋明时期的
良家女子受到封建礼教、程朱理学的严

重桎梏，即使化作女鬼，也
是不敢做出这样惊天动地的事
情来的。

《汉谈生》的故事与《辛道度》
类似。睢阳王女主动来和谈生结为夫
妻，并告诉谈生三年之内不能用火照。
两人在一起生活两年了，王女为谈生已生
有一个儿子，两岁了。一天夜里，谈生忍不
住好奇起来偷看，发现了妻子的秘密。
在必然的分离之前，王女取出一件珠袍
送给谈生。这件宝衣后被睢阳王认出，并
接受了谈生做他的女婿的事实。结
局是美满的，但也是空想出来
的。这类人鬼相恋故事除了
歌颂青年男女间跨越生死的
爱情及对婚姻自由的强烈向往，更重要
的是表现对封建婚姻制度和门阀制度的
漠视和不满。在封建社会，婚姻的门当户
对十分重要，士族与庶民间有严格的等级
划分。庶民想跻身于上流社会、一步登天

的理想，只能通过幻想这样联姻的志怪小说来暂时满足。

《韩凭夫妇》的爱情故事与上面的有些不同。

战国时期，宋国的康王酗酒好色、暴虐无道。他听说舍人韩凭的妻子何氏容貌美丽，便将何氏强抢入宫。韩凭自然十分怨恨。康王得知，就下令把韩凭抓起来罚作筑城的奴隶。何氏不仅美，还对爱情忠贞不二。因为思念丈夫，知道夫妻难再团聚，于是决心以死殉情。她捎密信给韩凭，表明心志。但聪明的她知道信迟早会被康王得到，于是在信中运用了委婉隐晦的词语。康王见信中写的是三句谜语："其雨淫淫，河大水深，日出当心。"康王和左右近侍都不明白这是什么含义，有一个叫苏贺的大臣说："其雨淫淫，是说心中的哀愁和思念像连绵的大雨一样无尽无休；

河大水深，是说夫妻被拆分两地无法相会；日出当心，是说自己死志已定。"不久，韩凭自杀而死。听到丈夫自杀的消息后，何氏强忍悲痛暗中设法腐蚀自己的衣服。一天，康王让何氏陪伴登台游览，何氏趁康王不注意，纵身跳下高台。在旁的侍女匆促中只抓到何氏已经朽坏的衣襟。何氏达到了目的。

何氏死后，人们发现她留下的遗言："王利其生，妾利其死"，表明了何氏面

对暴虐的君王誓死不屈的刚烈态度；"愿以尸骨，赐凭合葬"，则坦露出与丈夫生死不离的愿望。对康王和丈夫，一憎一爱，了然分明。康王恼怒，命将二人分开埋葬，却故意使两坟相距不远，恨恨地道："既然你们夫妻生前相爱，死后如果能将两坟合在一起，我不阻拦你们。"谁知奇异的事情发生了，一夜之间，两个坟上各长起一棵梓树，十天左右就长得一抱粗细而且根干皆相向而生，地上枝干交错，地下根脉相连，好像两个人弯曲着身体互相俯就。又有一对鸳鸯一直栖息在

两树之间, 无论早晚都不离去, 交颈悲鸣, 声音凄切哀婉, 听到人也感到悲伤。

宋人哀怜韩凭夫妇的不幸, 就称两树为"相思树", 将这个地方叫"韩凭城"。说树上的鸳鸯鸟是由韩凭夫妇的精魂化成的。

《韩凭夫妇》是《搜神记》中少有的叙事简约而不失文采的故事。细细品读, 与汉乐府的《孔雀东南飞》有异曲同工之妙。本篇所写的故事对后世影响很大, 并不断被补充进新的内容。《郡国志》中曾提到文中所写之台名曰"青陵", 北宋乐史《太平寰宇记》卷十四"济州郓城县"将"青陵台"落实在郓城县, 并说"至今台迹依然", 还有"韩凭冢"。唐宋甚至还增添出化蝶事,《李义山诗集》

卷六《青陵台》诗云："青陵台畔日光斜，万古真魂倚暮霞。莫讶韩凭为蛱蝶，等闲飞上别枝花。"《太平寰宇记》则云：何氏"与王登台，自投台下，左右揽之，著手化为蝶。"唐代俗赋《韩朋赋》(《敦煌变文集》卷二)也是根据韩凭传说演化出来的。元代庾吉甫有杂剧《青陵台》，写的亦是这一故事。人们把这段凄美的爱情不断地完善、完美，表达了历代人民对韩凭夫妇的同情以及对凭借权势霸人妻女的统治者的痛恨。

(五) 神话传说和民间故事

《搜神记》作为一部承上启下的志怪小说集，不遗余力地记录了神话传说和民间故事的发展，为我们研究古代神话和民风民俗提供了最真实的书籍佐证。

如"盘瓠神话"，是关于古时蛮夷族

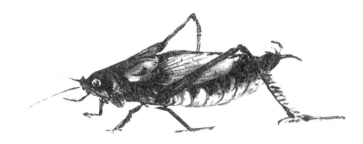

始祖起源的传说。传说远古高辛帝时，从皇后耳中医出一只如蚕大小的金虫，扣在盘内，变为犬，取名"盘瓠"。因戎吴将军作乱，高辛答应谁能斩下吴将军之首级，不但封邑赏金，还把公主嫁给他。盘瓠咬下吴将军首级而归。高辛帝因他是犬想悔婚，公主深明大义与盘瓠结为夫妻，之后随之入居深山，以狩猎和山耕为生，并育有儿女。盘瓠死后，"其后滋蔓，号曰蛮夷"。这里不仅指出了蛮夷族的由来，而且也证明了南蛮夷民族将狗奉为图腾崇拜的事实及其个中原因，是研究蛮夷少数民族的创世神话的有力证据。

"蚕马神话"是有关蚕丝生产的神话。传说上古时，有一男子出远门，家里

只留有一个小女儿。一天小女儿思父心切，乃戏马曰："汝能为我迎得父还，吾将嫁汝。"马飞奔而去从远方驮回了她的父亲。回来之后女子并未履行诺言，马就开始绝食了，几天不知吃喝。父亲得知真相后，用箭把马射死，并剥了它的皮。邻居女孩指着马皮戏谑说："你只是个畜生，还想娶人作妇！"忽然，马皮跳起来，包住了姑娘就跑。她父亲去寻找已不见了踪影。几天后，在一棵大树上发现女孩已变成了一条蚕，正在树上吐丝作茧，这树就叫做桑。"蚕马神话"记载的就是"桑"与"蚕"的来历。这段蚕马神话常常被后人用来解释桑蚕的起源。《山海经·海外北经》云："欧丝之野在反踵东，一女子跪据树欧丝。"《荀子·蚕赋》云："此夫身女好而头马首者与？"再加上此篇，对桑蚕神话的记录越来越丰富，也说明了采桑养蚕作为一项生产劳动在中国不断发展。

《东海孝妇》，讲的是孝妇周青蒙冤的故事。汉时，东海孝妇奉养姑婆十分精心。婆婆说："媳妇养我很辛苦。我已老了，何惜残年，不能总连累年轻人啊。"于是自缢而死。她的女儿告官说："这个妇人杀我母亲。"官府严刑逼供，屈打成招。于公说："这个妇人供养婆婆十几年了，所有的人都知道她最孝顺，肯定不是她杀的。"太守不听，把孝妇

斩了。从此郡中大旱，三年不雨。后任的太守到了，于公说："孝妇不应当死，是前任太守枉杀了，灾祸就在这里。""太守即时身祭孝妇冢，因表其墓"，天立刻下雨，当年大丰收。有人传说，孝妇名周青。青将死时，车载十丈竹竿，以悬五幡。在众人面前发誓说："我要是有罪，甘愿受罚，血自然流出来；我若是被冤枉的，血当逆流。"行刑后，果然沿着幡竹而向上流去。

《东海孝妇》最早见于《汉书·于定

国传》,《隆庆海州志》又证实孝妇确有其人。《搜神记》之后,东海孝妇浸透血泪的人生命运被不断文学化,最后杂剧大家关汉卿悲天跄地的《窦娥冤》将这个故事发展为经典。

神话传说与民间故事的收集需要从广阔的社会生活中吸收营养。干宝生长在有着厚重历史的人文环境中,从一开始就受到故乡文化的浸染,有时甚至是直接从故乡的土地上诱发创作灵感。直接取材于家乡民间的故事在《搜神记》中屡屡

出现,如《董永与织女》写的是汝南董仲,
《臧仲英家怪物》写的是汝南方士许季
山,《任乔女婴连体》写的是汝南郡新蔡
县官吏任乔和他的妻子胡氏,《应妪见神
光》写的是汝南人、"建安七子"之一应玚
的七世祖母,《陈仲举相命》写的是汝南
郡平舆县东汉太傅陈蕃。在他的著作里,
"裙化蝶"则直接影响了家乡梁祝化蝶
的传奇绝唱,影响深远。在写家乡发生的
故事中,最著名的还是《三王墓》和《山
阳死友传》。

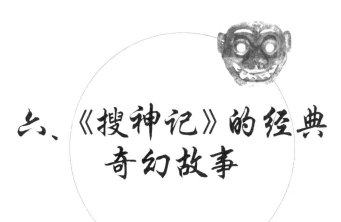

六、《搜神记》的经典奇幻故事

(一)《三王墓》

　　楚干将、莫邪为楚王作剑，三年乃成，王怒，欲杀之。剑有雌雄。其妻重身当产，夫语妻曰："吾为王作剑，三年乃成。王怒，往必杀我。汝若生子是男，告之曰：'出户望南山，松生石上，剑在其背。'"于是即将雌剑，往见楚王。王大怒，使相之："剑有二，一雄一雌。雌来，雄不来。"王怒，即杀之。莫邪子名赤，比后壮，乃问

其母："吾父所在？"母曰："汝父为楚王作剑，三年乃成。王怒，杀之。去时嘱我：'语汝子：出户往南山，松生石上，剑在其背。'"于是子出户南望，不见有山，但睹堂前松柱下，石低（应作砥）之上，即以斧破其背，得剑。日夜思欲报楚王。王梦见一儿，眉间广尺，言："欲报仇。"王即购之于千金。儿闻之，亡去。入山行歌。客有逢者。谓："子年少，何哭之甚悲耶？"曰："吾干将、莫邪子也。楚王杀吾父，吾欲报之。"客曰："闻王购子头千金，将子头

与剑来，为子报之。"儿曰："幸甚！"即自
刎，两手捧头乃剑奉之，立僵。客曰："不
负子也。"于是尸乃仆。客持头往见楚王，
王大喜。客曰："此乃勇士头也。当于汤镬
煮之。"王如其言。煮头三日三夕，不烂。头
踔出汤中，瞋目大怒。客曰："此儿头不烂，
愿王自往临视之，是必烂也。"王即临之。
客以剑拟王，王头随堕汤中。客亦自拟己
头，头复堕汤中。三首俱烂，不可识别。乃
分其汤肉葬之，故通名"三王墓"。今在汝

南北宜春县界。

　　《三王墓》又叫《干将莫邪》，被后人认为是《搜神记》中情节最曲折、故事最优美、主题最鲜明的一篇。说的是楚国的干将、莫邪夫妇给楚王铸造宝剑，三年而成。楚王生气，要杀死他们。宝剑有雌雄之分，当时干将之妻莫邪怀有身孕就要分娩。丈夫对妻子说："我替楚国铸剑，三年才铸成，楚王见我必杀我。你如果生的是男孩，长大后就告诉他说：'出门看南山上，有松树长在石头上，宝剑就在树

的背上藏。'"于是干将就带上雌剑见楚王，楚王果然把他杀了。

莫邪的儿子叫赤（应为赤比）。长大后，赤问母亲："我父亲在哪里？"他母亲如实回答。儿子按照母亲的讲述果然得到宝剑。从此日思夜想要杀掉楚王，替父报仇。

楚王梦见一男孩，两条眉毛之间宽一尺，说要报仇，楚王就悬赏千金捉拿他。赤听到消息后逃至山中，一边走，一边唱着悲哀的歌。一个侠客遇见后问他："小小年纪为何如此悲伤？"赤说："我是干将、莫邪的儿子。楚王杀了我的父亲，我要报仇。"侠客说："听说楚王悬赏千金

要你的头,把你的头和宝剑拿来,我为你报仇。"赤说:"太好了!"就割下自己的头,双手捧着头和宝剑交给侠客,身子僵硬地站立着。侠客说:"我不会辜负你的。"于是赤的身体才倒下。

侠客带着人头和宝剑见楚王,楚王十分高兴。侠客说:"这是勇士的头颅,应该用大汤锅来煮。"楚王依照他的话去做了。赤的头煮了三天三夜也未烂,头还时时在滚水中跳出,瞪着充满仇恨的眼睛。侠客说:"赤的头颅煮不烂,希望大王亲自到汤锅前查看,赤的头必能煮烂。"楚王不知是计,就走到锅前看,侠客猛地拔出宝剑向楚王的头砍去,楚王的脑袋随之掉到汤锅里。侠客也挥剑砍掉自己的头,同样也掉进滚沸的汤锅。三颗人头都煮得稀烂,无法分辨。只能把锅里的肉分为三份埋葬,所以埋葬的墓穴被称为"三王墓"。

这个故事成功地塑造了两个鲜明的人物形象，表现了正义与复仇，也体现了古代侠士的侠义风骨，同时还寄托了人民的理想与愿望，深受民间喜爱，因此流传极广，以致全国各地三王墓到处都有。好在干宝在故事的最后，把故事的发生地写得清清楚楚，"三王墓，今在汝南北宜春县界"，也就是现在距汝南县城 25 公里处和孝镇李桥村西北。三王墓至今犹存，因此免去了许多口水官司。

（二）《山阳死友传》

汉范式，字巨卿，山阳金乡人也。一名氾。与汝南张劭为友，劭字元伯。二人并游太学。后告归乡里，式谓元伯曰："后二年当还，将过拜尊亲，见孺子焉。"乃共克期日。后期方至，元伯具以白母，请设馔以候之。母曰："二年之别，千里结言，尔何相信之审耶？"曰："巨卿信士，必不乖违。"母曰："若然，当为尔酝酒。"至期果到。升堂拜饮，尽欢而别。后元伯寝疾甚笃，同郡郅君章、殷子征晨夜省视之。元伯临终，叹曰："恨不见我死友。"子征曰："吾与君章，尽心于子，是非死友，复欲谁

求？"元伯曰："若二子者，吾生友耳；山阳
范巨卿，所谓死友也。"寻而卒。式忽梦见
元伯，玄冕垂缨，屣履而呼曰："巨卿，吾
以某日死，当以尔时葬，永归黄泉。子未忘
我，岂能相及？"式恍然觉悟，悲叹泣下，
便服朋友之服，投其葬日，驰往赴之。未
及到而丧已发引。既至圹，将窆，而柩不肯
进。其母抚之曰："元伯，岂有望耶？"遂
停柩。移时，乃见素车白马，号哭而来。其

母望之曰："是必范巨卿也。"既至，叩丧言曰："行矣元伯，死生异路，永从此辞。"会葬者千人，咸为挥涕。式因执绋而引，柩于是乃前。式遂留止冢次，为修坟树，然后乃去。

《山阳死友传》这个故事，虽没有《三王墓》那种曲折跌宕、极具戏剧性的情节，但因其故事蕴含真情而流传千古。

这个故事讲的是东汉时山阳郡金乡县人范式与汝南人张劭做朋友，两人一起在太学读书。后来他们学成回家，有一次范式对张劭说："过两年我要回来，将拜访你的父亲和你的孩子。"于是就约

定了日期。后来约期快到了，张劭就请母亲准备饭菜等候范式。母亲说："分别两年了，又是在千里之外的口头约定，你怎能当真呢？"张劭说："巨卿（范式字）是信守诺言的人，决不会违约的。"到了约定的时间，范式果然如约而至。

后来张劭一病不起，生命垂危，同乡友人郅君章、殷子征早晚都来看护他。张劭临死时感叹地说："遗憾我不能见到我的死友。"殷子征说："我和郅君章尽心对待你，这不是死友还有谁呢？"张劭说："二位只是我的生友，山阳范巨卿才是我的死友。"不久张劭便病故。

就在张劭病故之际，千里之外的范式忽然梦见张劭死去，将在某一日下葬，想在被埋之前再与他相见一次。范式梦醒后泪流不止，穿上丧服，驱车奔去。范

式还没等赶到就已经发丧了。到了墓地，将要下葬时，棺材怎么也抬不进墓穴。张劭的母亲抚摸着儿子的棺材说："我的儿，你还在等谁？"过了一会儿，就见一辆马车奔驰而来，车上有个人号啕大哭。张母一见，说这一定是范巨卿。范式来到后，向着灵柩道："你走了，元伯（张劭字），死与生不同路，从此永别了。"当时送葬的有一千多人，目睹此情景都感动得落下眼泪。范式于是拉着绳索引柩，灵柩这时才往前移动。

这个故事体现的生死友谊、一诺千金的精神同样成了千古绝唱，因而流传极广。张劭的家乡为了纪念这对死友，在他们曾一起吃鸡和黍的地方建筑鸡黍台，立二贤祠。明朝万历年间，尚书赵贤将祠又移至今汝南县金铺镇。从古至今，诵咏二人情谊的诗作更是不胜枚举。如元朝诗人王万祥的《题鸡黍祠》："鸡黍祠邻古道旁，石碑高处草生香。信来南北绕车马，愧杀翻云覆雨郎。"

又如清人傅鹤祥的《过鸡黍祠》：
"昔人重一诺，鸡黍迄如今；约以神相照，交于信可深；天空秋色回，霜纷碧潭沉；岂为山河阻，永坚金石心。"这些诗文无不表达出人们对二人的敬重。而这一绝唱，正是干宝给后人留下的永远的财富。

（三）《吴王小女》

吴王夫差小女，名曰紫玉，年十八，才貌俱美。童子韩重，年十九，有道术。女悦之，私交信问，许为之妻。重学于齐鲁之间，临去，属其父母，使求婚。王怒、不与女。玉结气死，葬阊门之外。三年重归，诘其父母，父母曰："王大怒，玉结气死，已葬矣。"

重哭泣哀恸，具牲币，往吊于墓前。玉魂从墓出，见重，流涕谓曰："昔尔行之后，令二亲从王相求，度必克从大愿。不图别后，遭命奈何！"玉乃左顾宛颈而歌曰："南山有乌，北山张罗。乌既高飞，罗将奈何！意欲从君，谗言孔多。悲结生疾，没命黄垆。命之不造，冤如之何！羽族之长，名为凤凰。一日失雄，三年感伤，虽有众鸟，不为匹双。故见鄙姿，逢君辉光。身远心近，何当暂忘。"歌毕，歔欷流涕，要重还冢。重曰："死生异路，惧有尤愆，不敢承命。"玉曰："死生异路，吾亦知之。然今一别，永无后期。子将畏我为鬼而祸子乎？欲诚所奉，宁不相信。"重感其言，送之还冢。玉与之饮宴，留三日三夜，尽夫妇之礼。临出，取径寸明珠以送重，曰："既毁其名，又绝其愿，复何言哉！时节自爱。若至吾家，致敬大王。"重既出，遂诣王，自说其事。王大怒曰："吾女既死，

而重造讹言，以玷秽亡灵。此不过发冢
取物，托以鬼神。"趣收重。重走脱，至玉
墓所诉之。玉曰："无忧。今归白王。"王
妆梳，忽见玉，惊愕悲喜，问曰："尔缘何
生？"玉跪而言曰："昔诸生韩重，来求玉，
大王不许，玉名毁义绝，自致身亡。重从远
还，闻玉已死，故赍牲币，诣冢吊唁。感其
笃终，辄与相见，因以珠遗之。不为发冢，

愿勿推治。"夫人闻之，出而抱之，玉如烟然。

这是一个凄美的爱情故事：吴王夫差的小女儿名叫紫玉，十八岁，出落得既有才华又兼具美貌。有一个男子叫韩重，年19岁，会道术，紫玉很喜欢他，与他私定终身，许诺做他的妻子。

韩重将去齐鲁求学，离去的时候，紫玉嘱托韩重，让他的父母向夫差提出婚事。夫差大怒，没有应允。紫玉气结而死，葬在阊门之外。过了三年，韩重回来了，追问她的父母，父母说："吴王非常生气，不同意婚事，紫玉气结而死，已经埋葬了。"韩重哭得十分伤心，极度悲哀，准备了祭祀用的物品前往紫玉的墓前吊唁。

紫玉的魂灵从墓里出来，看见韩重，流着泪说："当初，你离开以后，让你的双亲向大王求取亲事，原以为一

定能够了却我的心愿。没有想到分别以
后会遭遇到这样的命运,真是无可奈何
啊!" 紫玉于是转过头去向后顾盼着唱
道:"南山上有乌鹊,北山设网捕捉,乌鹊
已经高飞,网又能怎么样! 本想要跟从你,
但是说坏话的太多。悲伤郁结生出了病,
丧命埋没在黄泉。命运里没有如此造化,
怨恨又能怎么样呢! 鸟类中地位最高的,
名叫凤凰,一旦失去了雄鸟,三年都会感到
伤悲,虽然有很多的鸟,但都不会和他们匹

配成双。因此现出我鄙陋的身姿，迎接你的辉光。身体虽然隔得很远，但是心灵却很靠近，怎么能够忘记呢。"唱完之后，叹气流泪，邀请韩重跟她一起去墓中。

韩重说："我们生死相隔，就像走在不同的路上，惧怕会不合适，不敢接受你的邀请。"紫玉说："我们生死相隔，我也是知道的。但是今天一别，就永远没有相会的日子了，你是害怕我作为鬼，给你带来祸患吗？我想奉献我的诚心，难道不相信我对你的感情吗？"韩重被紫玉的话感动了，送她回到墓中。

紫玉和韩重一起饮宴，停留了三天

三夜，尽了夫妻的礼节。韩重要走的时候，紫玉取出一颗直径一寸大小的明珠，送给韩重，并对他说："既毁掉了名声，又了却了心愿，还可以说什么呢！从今以后，请你保重自己。如果到了我的家里，向大王问好。"

韩重离开了墓冢，于是到吴王那里去，说起和紫玉相会的事。吴王很生气，说："我的女儿已经死了，你又制造谣言，来玷污亡灵。这不过是挖开坟墓取出来的物品，却假借什么鬼神之说。"于是催促收捕他。韩重逃跑了，来到紫玉的墓

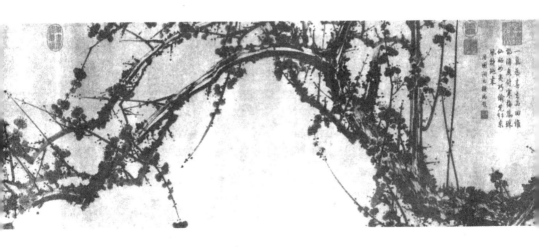

前，告诉她这件事。紫玉说："不要担心，我今天就回去告诉父王。"吴王正在穿衣梳洗，突然看见紫玉，大吃一惊，悲喜交加。问到："你是怎么活过来的？"紫玉跪下来说："以前韩重来求婚，大王不同意，导致紫玉毁掉名义，恩义断绝，最后郁郁而终。韩重从远处回来，听说我已经死了，特意携带祭品到我的坟前来吊唁。被他的深情感动，就出来和他相见，于是把明珠送给他。并不是他挖墓盗取，希望不要治他的罪。"吴王的夫人听说紫玉回来了，跑出来拥抱她，但是紫玉化作了一阵烟，已经散去。

　　《吴王小女》是《搜神记》中最感人肺腑的爱情篇章之一，情真意切、优美感伤，在后世还被诸多演绎，成为传世名篇。